AF403779

HECTO

TRAGÉDIE

PAR M. CLAIRFONTAINE.

Le prix est 30. sols

A PARIS.

Chez Laurent PRAULT, Cour du Palais dans le passage St. Barthelemy, à la Source des Sciences.

M. C. C. LII.

Avec Approbation & Privilége du Roi.

EPITRE

DEDICATOIRE

A SON ALTESSE SERENISSIME

MADAME LA DUCHESSE

DU MAINE,

PRINCESSE DU SANG.

PRINCESSE, *dont la Cour a paru de tout tems*

L'azile glorieux des Arts & des talens,

Toi, dont l'esprit, le gout & la magnificence
Répondent à l'éclat d'une auguste naissance,
Excuse un téméraire ; & permets qu'aujourd'hui
  Sa Muse jeune encore
  De ton Nom qu'elle adore
  Ose emprunter l'appui.
D'un seul de tes regards échauffe mon audace ;
Sur mes premiers écrits daigne jetter les yeux ;
S'ils ont l'art de te plaire, au sommet du Parnasse
Je me fraye à l'instant un chemin glorieux ;
Et bientôt mon génie ardent, audacieux,
  Sourd à la voix de Melpomène ;
  Pourra dans l'ardeur qui l'entraîne
Elever jusqu'à toi son vol ambitieux.
C'est alors que cédant à mon heureux délire
A mes plus fiers rivaux j'irai le disputer ;
  Dès qu'il faudra te chanter,
  Le Dieu même de la Lyre
  S'il ose se présenter
  Ne pourra m'épouvanter . . .
Mais que dis-je ! Où m'emporte un orgueil téméraire ?
  Moi, que dans mes foibles vers
Je chante des vertus qu'admire l'univers !

EPITRE.

Quelle audace vaine & fiere
Dans cette immense carriere
Veut précipiter mes pas ?
Le Dieu de Pindare & d'Homère,
La Muse même de Voltaire
Peut-être ne l'oseroit pas.

Par son très-humble & très-obéïssant
serviteur CLAIRFONTAINE.

E R R A T A.

PAge 2. Vers 5. d'où n'ait cette frayeur , *Lifez* d'où nait cette frayeur.

Pag. 2. dernier Vers de la page , dans le bras du fommeil , *Lifez* dans les bras du fommeil.

Pag. 6. Vers 12. J'ai l'avé dans leur fang, *Lifez* , j'ai lavé dans leur fang.

Page 7. Vers 4 de la feconde Scene , d'où n'ait ce malheureux préfage ? *Lifez*, d'où nait ce malheureux préfage.

Page 18. Vers 30. fi j'avois crain pour lui, *Lifez*, fi j'avois craint pour lui.

Page 29. Vers 6. Et même à fes Soldats , *Lifez* , & même à mes Soldats.

Page 31. Vers 8. fi la foif de combattre, *Lifez*, fi ta foif de combattre.

ACTEURS.

PRIAM, Roi de Troye.

HECTOR, fils de Priam.

ANDROMAQUE, femme d'Hector.

AGENOR, capitaine Troyen.

ISMÉNE, Confidente d'Andromaque.

La Scene eſt à Troye dans le Palais de Priam.

HECTOR

TRAGÉDIE.

ACTE PREMIER.

SCENE PREMIERE.

ANDROMAQUE, ISMÉNE.

ANDROMAQUE.

REVERRAI-JE l'époux que j'adore & qui m'aime ?
O ciel, entens les cris de ma douleur extrême,
Dans ces lieux désolés guide mes pas tremblans,
Et banni loin de moi ces présages sanglans.

ISMÈNE.

Madame, où courez-vous ? Les rivages du Xante
N'ont point vû les rayons de l'Aurore naissante.

A

Aux douceurs du sommeil pourquoi vous arracher ?
Dans ce palais des Rois que venez-vous chercher ?
Quel malheur inoui, quelle affreuse nouvelle...

ANDROMAQUE.

Non, je ne reviens pas de ma frayeur mortelle.

ISMÈNE.

D'où n'ait cette frayeur qui glace vos esprits ?
Trembléz-vous pour Hector ? Tremblez-vous pour son fils ?

ANDROMAQUE.

Ismène, un songe horrible auteur de mes allarmes
Me chasse de mon lit tout baigné de mes larmes.

ISMÈNE.

Hébien, madame, un songe !

ANDROMAQUE.

       Ah ! j'en frémis encor,
Et, si je l'en croyois, je n'aurois plus d'Hector.
Bientôt pour l'immoler à sa triste vengeance,
Achille avec les Dieux sera d'intelligence.
Ces Dieux depuis long-tems amis de mon Epoux
De sa gloire peut-être auront été jaloux.
O nuit pleine d'horreur ! O songe épouvantable !
Que le courroux des Dieux, Ismène, est redoutable !
O toi, vole à Priam raconter mes douleurs ;
Pere de mon époux il essuira mes pleurs.
Je veux lui confier les troubles de mon ame.
Dis-lui que je l'attens.

ISMÈNE.

      Héquoi, déjà, Madame !

ANDROMAQUE.

Va, ne crains rien ; jamais les rayons du Soleil
N'ont surpris ce héros dans le bras du sommeil.

SCENE II.

ANDROMAQUE.

Source de nos malheurs, ô toi, fatale Héléne.
Dans quel gouffre de maux ton amant nous entraîne !
Plus criminel encor, déteftable Pâris,
De tes lâches amours tel eft pour nous le prix ?
Perfide, c'eft toi feul dont les crimes funeftes
Ont allumé le feu des vengeances celeftes.
Frere indigne d'Hector, monftre horrible à mes yeux,
Emporte ton Héléne, & fui loin de ces lieux.
Affez & trop long-tems notre aveugle tendreffe
D'un pere qui t'aimoit a féduit la foibleffe.
Je fens pourquoi le Ciel n'écoutoit point nos vœux,
C'eft à regret toujours qu'il fait des Malheureux.
Hélas ! depuis dix ans nous partageons ton crime ;
Hector & Troye entiere en fera la victime.

SCENE III.

PRIAM ANDROMAQUE.

PRIAM.

Ah, Madame, d'où vient que vos fens accablés....

ANDROMAQUE.

Seigneur, rendez le calme à mes efprits troublés.
Rappellez votre Fils des rives du Scamandre.
Je veux revoir Hector, lui parler & l'entendre.
Il vit, & vous regnez ; mais peut-être aujourd'hui
Vos fuperbes ramparts tomberont avec lui.
Seigneur, au nom des Dieux, fouffrez que je le voye,
A fon époufe en pleurs accordez cette joye.
Je prétens dans nos murs arrêter fa valeur ;
Je lui peindrai l'excès de ma jufte douleur,

Les troubles dévorans dont je suis agitée,
Et les songes affreux qui m'ont épouvantée.
Je veux qu'instruit des maux qui pourroient l'accabler,
Hector tremble lui-même, en me voyant trembler....
Hélas ! il s'armeroit d'un courage inutile
S'il lui faut triompher & des Dieux & d'Achille.

PRIAM.

Que vos craintes, Madame, ont peu de fondement !
Repoussez loin de vous un noir pressentiment.
Vingt fois renouvellant sa brillante carriere
Le Soleil aux mortels a prêté sa lumiere,
Et vingt fois la Nuit sombre assiégeant l'univers
A vû fuir le Soleil au sein des vastes mers,
Depuis qu'Agamemnon privé de Cryséide
Osa du lit d'Achille enlever Bryséide,
Et qu'Achille indigné d'un affront douloureux
Détestant tous les Grecs ne combat plus pour eux.
Que de soldats plongés dans la nuit éternelle
De leurs rois désunis ont payé la querelle !
Achille spectateur de leurs tristes combats
Verra périr ces Grecs sans leur prêter son bras,
Et ne soupirant plus qu'après sa Thessalie
Il n'attend que les vents pour quitter la Phrygie.
Il oubliera plûtôt les Troyens & leur nom
Que l'outrage sanglant du fier Agamemnon.
Un héros tel qu'Achille est jaloux de sa gloire,
Et peut-être qu'Hector n'est plus en sa mémoire.

ANDROMAQUE.

Le trouble de mon cœur s'oppose à vos raisons
Et malgré vos discours j'en croirai mes soupçons.
Seigneur, esperez-vous que la fureur d'Achille
Sur de honteux vaisseaux vivant toujours tranquille...

PRIAM.

Trahi par des ingrats, loin de les proteger
Il a chargé mon Fils du soin de l'en venger.
Quoi ! tandis qu'Ilion triomphant de la Grece
S'abandonne aux transports d'une juste allégresse,
Madame, vous allez en proie à vos douleurs
Dans le sombre avenir vous chercher des malheurs.

Non, non, depuis dix ans que la Grece ennemie,
Accourant de l'Aulide au sein de la Phrygie,
Epouvanta nos ports de ses mille vaisseaux,
Et dans les champs Troyens déploya ses drapeaux,
Jamais nous n'avons vû les Destins moins volages ;
Et jamais Ilion, malgré tous vos présages,
Ne verra de son Roi le nom victorieux
Moins abhorré d'Achille, & plus chéri des Dieux.
Rassurez-vous, Madame, & partagez la joye
Que nos derniers succès font respirer à Troye.
Mais on vient...

A N D R O M A Q U E.

Ah grand Dieux ! Seroit-ce mon époux !

P R I A M.

Vous ne vous trompez point. C'est lui, rassurez-vous.

S C E N E I V.

HECTOR, PRIAM, ANDROMAQUE,

A N D R O M A Q U E.

ENFIN, je vous revois, après deux jours d'absence.
Ah ! qu'ils ont couté cher à mon impatience !
Tendre époux ! que de pleurs ont coulé de mes yeux !

P R I A M.

Que j'embrasse avec joye un fils victorieux !
C'est donc toi, cher Hector ! & quel Dieu tutelaire
T'améne dans les bras d'une épouse & d'un pere ?
Mon fils, quel interêt te conduit parmi nous ?
Les Grecs ont-ils enfin succombé sous tes coups ?

H E C T O R.

Mes exploits fortunés sur les rives du Xante.

Ont fans doute, mon Pere, étonné votre attente.
Le Ciel m'a fecouru ; les Dieux guidoient mon bras,
Et leur foudre vengeur marchoit devant mes pas.
Ils fembloïent fur mon front déployant la Victoire
Couronner un Mortel des rayons de leur Gloire.
Les Grecs qui fe flattoient d'enchaîner les hazards
Déja le fer en main défoloient nos remparts.
Hector a fait changer l'inconftante Fortune.
Agamemnon tremblant n'implore que Neptune.
J'ai pû venger mon pere ; & nos fiers Ennemis
Au bruit de mes exploits ont reconnu fon Fils.
J'ai lavé dans leur fang nos premieres bleffures,
Et le trépas des Grecs m'a payé leurs injures.
J'en rends graces aux Dieux qui depuis quelque tems
Ont épuifé fur moi leurs bienfaits éclatans.
Volons, & de ces murs implorons la Déeffe ;
Bientôt loin de vos ports nous verrons fuir la Grece,
Si Minerve aujourd'hui fecondant nos deffeins
Veut de fon glaive encore armer mes foibles mains.

PRIAM.

Qu'il eft rare, mon fils, d'avoir dans fon jeune âge
Tant d'amour pour fes Dieux avec tant de courage !
Hector, n'en rougis point. Ce refpect leur eft dû ;
C'eft toujours d'un Héros la plus belle vertu.
Cours au temple des Dieux, & va lancer leur foudre.
Pourfui les Grecs vaincus, mets leurs vaiffeaux en poudre :
Moi-même tranfporté d'une nouvelle ardeur
Et de mes vieux Soldats réchauffant la valeur,
Je veux fous nos remparts en raffembler l'élite
Et les forcer encore à marcher à ma fuite.
Si le fort te trahit, pour défendre tes jours
Tu nous verras bientôt voler à ton fecours.
Ah ! que ne fuis-je encor dans la fleur de mon âge !
Faut-il ceder au tems qui me brave & m'outrage ?
Pourquoi les ans jaloux ont-ils glacé mes pas ?
Que ne puis-je moi-même animer tes foldats !
Jadis, ils m'euffent vû dédaignant la barriere
Leur ouvrir des combats la fanglante carriere ;
J'euffe emporté le prix d'un triomphe fi beau,
Ou le champ de la gloire eût été mon tombeau.
Ce tems n'eft plus... Des Dieux l'éternelle fageffe

Daigne par fes bienfaits confoler ma vieilleffe.
J'ai vécu ; cependant quand je revois Hector
Dans ce fils adoré je crois revivre encor.
Un fils digne foutien du trone de fon pere
Qui chériffant le peuple a fçu l'art de lui plaire,
Et le don le plus rare & le plus précieux
Que puiffe attendre un Roi de la bonté des Dieux.

HECTOR.

O mon pere, c'eft vous dont l'active prudence
D'un perfide Ennemi trompe la vigilance.
C'eft vous dont les confeils nobles & généreux
Ont fecouru vingt fois vos peuples malheureux,
Et vingt fois ont fauvé cette fuperbe Ville
Et des rufes d'Uliffe & des fureurs d'Achille.
Je ne m'en cache point : Si j'ai fçu quelquefois
Signaler ma valeur par de brillans exploits,
C'eft de vous que j'appris ce grand art de la Guerre,
Sans vous mon nom peut-être ignoré de la terre...

PRIAM.

Ce langage modefte eft digne d'un grand Cœur,
Et furtout il fied bien dans un jeune Vainqueur.
Vien, fui moi, cher Hector ; & par nos facrifices
Forçons les Immortels à nous être propices.

SCENE V.

HECTOR, ANDROMAQUE.

HECTOR.

AIMABLE & tendre époufe, accompagnez nos pas.
Venez, fuivez mon pere au Temple de Pallas.
Mais que vois-je ! Pourquoi vous couvrir le vifage ?
Vous pâliffez ! D'où naît ce malheureux préfage ?
Ne diffimulez plus. Vos foupirs & vos pleurs
Ont parlé malgré vous & trahi vos douleurs.

A iv

ANDROMAQUE.

Quand tu voles, cher Prince, au milieu des allarmes
Peux-tu me demander le fujet de mes larmes ?
J'ignore fi jamais Andromaque & ton fils
Ont aux champs de la gloire occupé tes efprits ;
Mais le Ciel m'eft témoin que toujours défolée
Loin de toi, je languis à mon trouble immolée.
Ilion tout entier n'eft qu'un vafte défert
Où ton Epoufe en pleurs & te cherche & fe perd.
Je fuis de ton Palais la folitude affreufe,
Je confie à nos bords ma plainte douloureufe.
Je demande à mes yeux la trace de tes pas,
Et mon cœur égaré te fuit dans les combats.
Pour confoler l'ennui de ma douleur amére
Je fonge quelquefois, Hector, que je fuis mere.
Je m'approche en pleurant du berceau de mon fils.
Hélas ! fouvent il n'ofe interrompre mes cris ;
Je l'appelle, & bien-tôt fa voix enchantereffe
Remplit ce vuide immenfe où ta fuite me laiffe.
Il te nomme, il m'embraffe ; & de fa foible main
Veut effuyer les pleurs qui tombent fur mon fein.

HECTOR.

Je n'oublîrai jamais, jeune & belle Princeffe,
Ces larmes, ces terreurs qu'enfante la tendreffe.
Je fais qu'il fut un tems, chere époufe, où vos yeux
Pouvoient de quelques pleurs honorer mes adieux.
Je vous les pardonnois, quand ma fuperbe audace
Alloit du fier Achille affronter la menace.
Nous ne le verrons plus.

ANDROMAQUE.

                        Ah ! je le crains encor...

HECTOR.

Et quand je le verrois, ne fuis-je plus Hector ?
L'honneur m'appelle enfin...

*ANDROMAQUE.

                        Quoi ! l'amour le plus tendre
Ne peut...

HECTOR.

Vous frémiſſez !

ANDROMAQUE.

Heƈtor daignez m'entendre.
Si je vous aimois moins , je ne frémirois pas.
Aujourd'hui , par pitié , n'allez point aux combats.
Sachez que cette nuit un ſonge épouvantable
A jetté dans mon cœur un trouble qui l'accable.
Trois fois mon œil a vû ces objets ennemis.
  Le ſommeil triomphoit de mes ſens endormis.
Dans un antre profond tout-à-coup je m'égare ,
Antre affreux & voiſin des portes du Ténare.
Une ſombre clarté , plus triſte que la nuit ,
Dans ces détours obſcurs m'éclaire & me conduit.
Peignez-vous mes frayeurs ; ſeule en ce lieu terrible ,
Je vois au tour de moi , Dieux ! quelle image horrible !
Des Speƈtres déſolés ſortir de leurs tombeaux ,
De leur chair à mes yeux dévorer des lambeaux ,
Et pour calmer le feu d'une ardeur meurtriere
S'abbreuver de leur ſang vomi ſur la pouſſiere.
Un Dieu plus fort que moi traîne mes pas tremblans
Sur leurs os décharnés & leurs membres ſanglans.
Je veux fuir... mais du fond de ce lieu redoutable
J'entens... J'entens ſortir une voix lamentable :
» Je meurs , & tu me fuis ! vien ; reçoi mes adieux ,
» Je mourrai ſans regret ſi je meurs à tes yeux.
A ces mots , je fuyois , incertaine , tremblante ;
Un grand cri tout à coup me remplit d'épouvante :
Bientôt le bruit redouble ainſi que mon effroi ,
J'entens qu'on me pourſuit , qu'on ſe traîne après moi.
On m'approche. On m'atteint ; Ma frayeur eſt extrême.
Heƈtor , je me retourne , Heƈtor... c'étoit vous-même.

HECTOR.

O Ciel ! mais achevez.

ANDROMAQUE.

                              Hélas ! que cette fois
Je t'ai vû different de l'Heƈtor que je vois !
Tu n'avois plus ce front où repoſoit la Gloire ,

Ni cet air de grandeur qu'inspire la victoire.
Pâle, défiguré, sur la fange étendu,
Au char d'un fier vainqueur tristement suspendu
Tu me tendois les mains ; & d'une voix plaintive
Tu voulois rassurer ton épouse craintive.
Et Moi, je te disois : » que tes traits sont changés !
» Quelle indigne fureur les a donc outragés ?
» Ah leve-toi, fuyons ces cavernes obscures....
» Cher époux, qui t'a fait ces profondes blessures ?
» Tes cheveux tout sanglans sur ton visage épars
» Privent mes tristes yeux de tes derniers regards
Tout-à-coup sous mes pas je sens trembler la terre.
L'éclair brille, & ses feux sont suivis du tonerre.
Un objet plus terrible épouvante mes yeux,
Achille avec la foudre a paru dans ces lieux.
Il s'écrie à ta vûë ; il s'anime, il s'avance ;
Au devant de ses coups vainement je m'élance ;
Son glaive étincelant m'écarte & m'éblouit ;
Il te frappe, je tombe ; & tout s'évanouit.
Voilà quel trouble affreux m'assiége & m'importune,
Cher époux, ne vas pas irriter la fortune.
Au nom de notre fils, au nom de notre amour,
Demeûre en ce palais, accorde-moi ce jour.

H E C T O R.

Je ne m'allarme point de ces vaines images.
Ma Patrie & mon bras, ce sont là mes présages.
Vous connoissez Hector, & vous lui proposez...

A N D R O M A Q U E.

Je vous demande un jour, & vous le refusez !

H E C T O R.

Pour un songe, faut-il que je vous sacrifie
Ma gloire & l'intérêt de toute la Phrygie ?
Tandis que mes soldats de carnage affamés
Jamais d'un si beau feu ne seront animés.

A N D R O M A Q U E.

Que m'importe la Grece & toute la Phrygie
S'il faut les acheter aux dépens de ta vie ?

Que deviendrois-je alors ? Quel Empire , quel Roi
Pourroient dans l'univers me confoler de Toi ?
Si ma crainte à tes yeux paroît une foibleffe,
Il faut la pardonner ; mon crime eft ma tendreffe.

HECTOR.

Oui l'Amour a fes droits , mais la Gloire a les fiens;
Et que pourroient penfer mon pere & les Troyens
S'ils voyoient leur Hector abandonnant l'armée
S'attendrir dans les bras d'une époufe allarmée ?
Un feul jour différé peut changer des états.
Peut-être que demain je n'ai plus de foldats.
Quelquefois cette ardeur qui tranfporte leur ame
Eft un feu qui s'éteint auffi-tôt qu'il s'enflamme.
Ces momens qu'on faifit font les brillans fuccès
Et ces momens perdus ne reviennent jamais.
Mais déja le foleil qui fe montre à la terre
Ramene dans ces lieux & le jour & la guerre.
Ecoutez... entendez mes foldats frémiflans ,
L'air rétentit au loin de leurs cris menaçans.
La lenteur de la nuit leur fembloit éternelle ,
Sans doute dans leurs yeux la fureur éteincelle.
Et je les trahirois ! Eux qui m'avoient promis
De vanger Ilion de fes fiers Ennemis...
Déja l'airain bruyant réveille la Victoire
Qui m'appelle à grands cris dans les champs de la Gloire ;
Je ne puis fans rougir retarder un inftant.

SCENE VI.

HECTOR , ANDROMAQUE , ISMÈNE.

ISMÈNE.

LE facrifice eft prêt. Le peuple vous attend.

HECTOR.

Quand je combats pour vous , quand le devoir m'entraîne

Me faut-il, chere Epoufe, emporter votre haine ?

ANDROMAQUE.

Allez, partez, Hector ; je ne vous retiens plus.
Je ne m'attendois pas à ce cruel refus.
Prince vous méprifez mes terreurs & mes larmes,
Puiffent les Dieux dumoins écouter mes allarmes.
Puiffai-je par mes pleurs attendrir leur courroux,
Ou payer de mes jours les jours de mon Epoux !

Fin du premier Acte.

ACTE II.

SCENE PREMIERE.

ANDROMAQUE, ISMENE,

ANDROMAQUE.

ISMÈNE ſoutien-moi. Je tremble, je friſſonne.
Une ſombre terreur m'aſſiège & m'environne.
Mes yeux mes triſtes yeux s'abandonnent aux
  pleurs,
Et mon cœur eſt en proie aux plus vives douleurs.

ISMÈNE.

Vous reverrez Hector, & bien-tôt la victoire...

ANDROMAQUE.

Il me quitte l'ingrat ! Il ne veut point me croire.
Mes plaintes, mes regrets n'ont pu le retenir.
Peut-être il eſt parti... pour ne plus revenir.
Je croyois que les Dieux pourroient par leur préſence
De mes ennuis ſecrets calmer la violence,
Mais loin de m'arracher mon trouble & ma terreur,
Ces Dieux ont pris plaiſir à déchirer mon cœur.
Oui, tandis qu'Ilion tranſporté d'allegreſſe
Dans ſon temple à grands cris invoquoit la Déeſſe,
Tandis que gémiſſans ſous le couteau mortel
Les Taureaux égorgés enſanglantoient l'autel
Pallas s'armoit d'un front menaçant & ſévère,

Dans ſes yeux foudroyans je liſois ſa colere.
Ah ſans doute occupés de leurs progrès heureux
Les Troyens n'ont point vû ces préſages affreux.
Pallas trompoit l'ardeur de leur joye indiſcrette ;
Mais qui pourroit tromper une amante inquiette ?
Un ſeul regard ſur moi lancé dans ſa fureur
M'a rappellé mon ſonge en me glaçant d'horreur.

I S M È N E.

Toujours ingénieuſe à vous troubler vous-même
Ne calmerez-vous point cette frayeur extrême ?
Vous tremblez pour Hector ! Ah penſez qu'aujourd'hui
Les plus vaillans des Grecs trembleront devant lui.

A N D R O M A Q U E.

Sa valeur le perdra. Je pâlis , chere Iſmène ,
A l'aſpect des dangers où la gloire l'entraîne.
Hector impatient de ſignaler ſon bras
Juſqu'aux vaiſſeaux des Grecs aura porté ſes pas.
Ses Amis effrayés de ſon audace altiere
A peine le ſuivront dans ſa vaſte carriere.
Cher Epoux ! qu'as-tu fait ? Que vas-tu devenir ?
Tous les Grecs irrités peuvent ſe réunir ;
Seul , pourras-tu jamais échapper à leur rage ,
La fortune ſe plaît à trahir le courage ,
Et le plus grand Héros au milieu d'un combat
Eſt tombé quelquefois ſous le fer d'un ſoldat.

S C E N E I I.

PRIAM , ANDROMAQUE, ISMENE.

A N D R O M A Q U E.

S EIGNEUR , que fait Hector ? Que venez-vous m'apprendre ?
Les Dieux , les juſtes Dieux ont ils daigné m'entendre ?

P R I A M.

Oui , Madame , les Dieux font encore pour nous.
Bientôt nous reverrons mon fils & votre époux.
Terrible & tout couvert de fang & de poufliere
Il infpire aux Troyens fon audace guerriere ;
Et déja par deux fois vaincus & renverfés
Les Grecs fur leurs vaiffeaux ont été repouffés.

A N D R O M A Q U E.

Ah je refpire enfin ! cher époux que j'adore
Mes yeux noyés de pleurs te reverroient encore !
à Priam.

Il va bientôt vers nous précipiter fes pas ,
Il vit , il eft vainqueur ... ne me trompez-vous pas ?
Eft-il bien vrai , Seigneur ? Et ce héros que j'aime. . . .

P R I A M.

Du haut de mes ramparts où j'ai conduit moi-même
Un refte de foldats par l'âge appéfantis
Prets à tenter le fort s'il trahiffoit mon fils ,
J'ai vû , j'ai vû la mort fur le rivåge errante ,
J'ai vû le camp des Grecs tout rempli d'épouvante,
Leurs chefs & leurs foldats l'un fur l'autre expirans ,
Et leurs vaiffeaux en proie à des feux dévorans.
  Cher Hector , ô mon fils , que des chants de victoire
Elevent jufqu'au ciel tes combats & ta gloire.
O jour trois fois heureux ! Malgré leurs vains efforts
Tous nos fiers Ennemis vont périr fur ces bords.
Quels feront les difcours de la Grece allarmée ,
Quand au-delà des mers la promte Renommée
Ira bientôt redire à ces triftes climats
De leurs Rois malheureux la honte & les combats ,
Ces Rois chaffés des murs qu'ils vouloient mettre en cendre,
Leurs cadavres fanglans traînés dans le Scamandre ,
Armes , flotte , foldats engloutis fous les mers
Et nos exploits vainqueurs rempliffans l'univers.

A N D R O M A Q U E.

Jugez par vos tranfports de ma vive allégreffe.
Ce généreux vainqueur des peuples de la Grece ,
Ce héros fi chéri des Troyens & de vous ,

Il m'aime , je l'adore , enfin c'est mon époux.
Agamemnon n'est plus , & sa flotte perfide
Ne touchera jamais aux rives de l'Aulide.
   Combien de fois troublant le silence des nuits
J'allai dans votre sein épancher mes ennuis !
Vous ne m'entendrez plus raconter mes allarmes ,
Vos généreuses mains n'essuiront plus mes larmes ,
Les Grecs ne viendront plus m'éveiller par leurs cris ,
Et mes yeux s'ouvriront pour revoir votre fils.
Mon Pere , pardonnez aux transports de ma joie.
Mon ame avec plaisir devant vous se déploie....
Mais cependant , Seigneur , il devroit revenir.
Hector ne paroît point. Qui peut le retenir ?
N'est-il plus en danger ? Les malheurs de la Grece
Ont pu d'Achille enfin réveiller la tendresse.
Vous m'avez vû cent fois redemander Hector ,
Mon cœur impatient le redemande encor.

P R I A M.

Vous verrai-je toujours à vous-même cruelle....

S C E N E I I I.

PRIAM, ANDROMAQUE, AGENOR.

P R I A M.

Agenor , près de nous quel intérêt t'apelle ?

A N D R O M A Q U E.

Parle , est-ce mon époux qui t'envoye en ces lieux ?
Hector va-t-il bientôt se montrer à mes yeux ?

A G E N O R.

En cet instant peut-être il repousse la rage
D'un nouvel ennemi digne de son courage.

A N D R O M A Q U E.

Comment !....

AGENOR.

AGÉNOR.

Déja les Grecs de toutes parts preſſés
Fuyoient loin d'Ilion, tremblans & diſperſés.
En vain les deux Ajax uniſſant leur courage
A la valeur d'Hector ont oppoſé leur rage,
Le redoutable Hector tonnant de toutes parts
A foudroyé les Grecs & leurs nouveaux ramparts.
Leurs ſoldats renverſés enſanglantoient nos rives
Et la Mort dévoroit leurs cohortes craintives.
La plupart à grands pas fuyant ſur leurs vaiſſeaux,
Dans leur courſe emportés ſe noyoient dans les eaux.
Hector vole, les ſuit, & s'y fraye un paſſage.
Tout couvert de leur ſang, tout fumant de carnage,
» Suivez-moi, nous dit-il, compagnons généreux,
» Secondez mes fureurs, apportez-moi des feux,
» Que leur flotte livrée à la flamme ennemie
» Apprenne ma victoire aux peuples de l'Aſie.
Enfin pour terminer des diſcours ſuperflus,
Un ſeul inſtant peut-être, & les Grecs n'étoient plus ;
Achille tout-à-coup ſur la rive s'élance.

ANDROMAQUE.

Achille !

PRIAM.

Achille, ô ciel !

AGÉNOR.

Furieux il s'avance.
Son caſque environné de feux étincelans
Soudain frappe les yeux des Troyens chancelans.
Il fait briller ſon glaive, & notre armée entiere
Frémit à cet aſpect, & recule en arriere.
Ce héros entouré de ſes Theſſaliens
Accourt, vole, s'écrie, & fond ſur les Troyens.
Tout le reſte des Grecs qu'animoit ſa préſence,
Ennivré de l'eſpoir d'une prompte vengeance
Revole avec ardeur au milieu des combats,
Et s'abreuve à longs traits du ſang de vos ſoldats.
Cependant les Troyens en proie à leurs allarmes
Abandonnoient leur rangs, laiſſoient tomber leurs armes ;

B

Et redemandant Troye à pas précipités
Sourds à la voix d'Hector fuyoient de tous côtés.
Hector qui frémissoit de douleur & de rage
Vole de rang en rang, ranime leur courage,
» Où fuyez-vous, amis ? N'êtes-vous plus vainqueurs ?
» Et l'aspect d'un seul homme a-t-il glacé vos cœurs ?
» Si l'honneur à vos yeux est plus cher que la vie,
» Suivez-moi, combattez, mourez pour la patrie.
» Son sort est dans vos mains ; pensez-vous que les Dieux
» Pour défendre vos jours doivent quitter les cieux ?
» Non, n'attendez point d'eux un si grand avantage,
» Et toujours la victoire est le prix du courage.
Ces mots qu'à haute voix prononce votre fils
Des Troyens éperdus raniment les esprits.
Leurs cœurs sont embrasés d'une flamme nouvelle.
Charmé de ce retour, Hector soudain m'apelle :
» J'attens de toi, dit-il, un service important ;
» Je veux combattre Achille, & j'y cours à l'instant ;
» Mais tandis que je vais, emporté par la gloire
» De ses bras tout sanglans arracher la victoire,
» Cours aux peuples de Troye annoncer mes projets.
» Va, qu'ils ne tremblent plus. Je réponds du succès.
» Ils me verront bientôt dans le sein de leur ville
» Triomphant & couvert des dépouilles d'Achille.
   Mais quoi ! Vous frémissez, Madame, à ce raport !
Songez qu'en ce moment peut-être Achille est mort.

ANDROMAQUE.

Songez qu'en ce moment sa rage meurtriere
A mon Hector peut-être arrache la lumiere.
Ne te verrois-je plus, époux infortuné !

AGÉNOR.

Si j'avois crain pour lui, l'aurois-je abandonné ?
Tremblant pour ce héros l'unique espoir de Troye
Me verriez-vous rempli d'une perfide joie ?

PRIAM.

Le tems est cher ; sui-moi, tu verras, Agénor,
Si ton Roi, si Priam est le pere d'Hector.

ANDROMAQUE.

Quel est votre dessein ? Seigneur, qu'allez-vous faire ?
Ne livrez point aux Grecs & le fils & le Pere.

PRIAM.

Hector est en danger, tous mes sens attendris....

AGÉNOR.

Seigneur, ne craignez rien pour ce généreux fils.
Il respire ; il triomphe ; une force suprême
L'élevoit en ce jour au-dessus de lui-même.
Aussi vaillant qu'Achille, & plus terrible encor
C'est un Dieu qui combat sous les armes d'Hector.
Vous ne m'écoutez point ! Quoi ! Dans un camp barbare...
Ah calmez les transports où votre ame s'égare,
Où courez-vous ? Souffrez que j'arrête vos pas....

PRIAM.

Tu donnes des conseils que tu ne suivrois pas.
Il sied mal aux grands Cœurs d'inspirer la foiblesse.
La gloire ne fuit point les pas de la Vieillesse.
Si mon corps a plié sous le fardeau des ans,
Mon cœur n'est point flétri par l'outrage des tems.
Tout mon sang échauffé dans mes veines bouillonne.
Ne crois pas, ô mon fils, qu'un pere t'abandonne.

à Agénor.

Et toi, digne toujours & d'Hector & de moi,
Vien périr, s'il le faut, sous les yeux de ton Roi.

SCENE IV.

ANDROMAQUE, ISMENE.

ANDROMAQUE.

HE bien c'en est donc fait ! Et la Parque jalouse
Veut enlever Hector à sa fidelle épouse....
Non , les Dieux conjurés unissant leurs fureurs
Combattroient vainement pour séparer nos cœurs.
J'irai du ciel plutôt détestant la présence
Dans les bras de la mort défier leur vengeance ;
Et mon ombre aux enfers rejoignant mon époux
Y bravera ces Dieux sans craindre leur courroux.

Fin du second Acte.

ACTE III.

SCENE PREMIERE.

ANDROMAQUE.

RIAM ne revient point ! quelle image sanglante
S'offre dans ces momens à mon ame tremblante !
Tout accable à la fois mon esprit désolé,
Hector, mon cher Hector seroit-il immolé ?
Je tremble que des Dieux la haine impitoyable
Hélas ! n'ait prononcé cet arrêt effroyable.
Je vois Ismène ; ô ciel ! sa démarche & ses pleurs.
Ne m'anoncent que trop le plus grand des malheurs.

SCENE II.

ANDROMAQUE, ISMENE.

ANDROMAQUE.

ISMENE, chere Ismène, ah que veux-tu me dire ?
Tu n'oses me parler ... Je tremble de m'instruire....
En est-ce fait, Ismène ?

B iij

ISMÈNE.

On ne fait point encor
Ce que les Dieux, Madame, ont réfolu d'Hector.
Mais un trouble funefte épouvante la Ville.
Le fuperbe Ilion frémit au nom d'Achille.
En ces cruels momens les Dieux font implorés.
Leurs temples font remplis de Troyens éplorés,
Les filles, les vieillards accablés de trifteffe,
Vont fe jetter en foule aux pieds de la Déeffe;
Et les Meres en pleurs déteftant les combats
Preffent leurs tendres fils gémiffans dans leurs bras,
Ces noirs preffentimens, cette crainte funefte
Affreux avantcoureurs de la haine célefte. . . .

ANDROMAQUE.

Il eft mort; & tu viens pour me le déclarer.
Par de triftes difcours tu veux m'y préparer.
Non je n'en doute plus, tu me trahis, Ifmène,
Achille a triomphé, fa victoire eft certaine.
Quitte, quitte la feinte; au nom de tous les Dieux,
Ifmène, au nom des pleurs qui coulent de mes yeux,
Au nom de cet époux que le deftin barbare
A peut-être plongé dans la nuit du Ténare,
Et qui fans fépulture étendu fur nos bords
Eft maintenant couché dans la foule des morts.
Que fais-tu? Qu'as-tu vû? Quelle eft fa deftinée?
A d'éternels ennuis ferois-je condamnée?
Les Dieux ont-ils fur Troye épuifé leur courroux?
Viens-tu m'apprendre, hélas! la mort de mon époux.

ISMÈNE.

Pourquoi préfumez-vous que ma voix peu fincere
Vous cachant un malheur qu'on ne fauroit vous taire....

ANDROMAQUE.

Il eft mort. Tu le fais, Ifmène, & je le voi,
Ilion fe défole & le pleure avec moi:
Tu m'en as dit affez. Ton éloquente adreffe
A voulu cependant ménager ma tendreffe,

Mais enfin c'en est trop, ne dissimule plus ;
Il est tems de quitter ces détours superflus.
Je te l'ordonne, Ismène, & veux être obéie.

ISMÈNE.

Ah, Madame, & pourquoi vous aurois-je trahie. . . .
Mais l'on vient.

ANDROMAQUE.

Dieux cruels ! c'en est fait, & le sort. . . .

SCENE III.

PRIAM, ANDROMAQUE, ISMENE.

PRIAM.

JE vous cherchois, Madame. . . . .

ANDROMAQUE.

Hé bien ! . . . . .

PRIAM.

Achille est mort.

ANDROMAQUE.

Achille est mort ! Achille !

PRIAM.

Oui ce Grec invincible. . . .

ANDROMAQUE.

Et mon époux ?

PRIAM.

Il vit.

ANDROMAQUE.

Grands Dieux ! est-il possible !
Achille a succombé ! Mon époux est vainqueur !

B iiij

Comment le favez-vous ! Qui vous l'a dit, Seigneur ?
Quel fecours imprévu ? Quel heureux ftratagême. . . .
Vous connoiffiez Achille. Il eft mort ! Lui !

P R I A M.
Lui-même.

Oui. Pour fauver mon fils, ou vanger fon trépas,
J'allois, j'allois périr au milieu des combats.
Mais à peine arrivé fous les ramparts de Troye,
Dieux ! Ai-je pu l'entendre, & furvivre à ma joie !
Le rivage & les airs retentiffoient encor
Et du trépas d'Achille, & des exploits d'Hector.
Tandis que les Troyens enflés de fa victoire
Publioient à grands cris fon triomphe & fa gloire,
Tous les Grecs défolés, témoins de ce tranfport
Redifoient en pleurant, Achille, Achille eft mort.
Je les ai pourfuivis. Ma vengeance altérée
De leur fang odieux s'eft encore enyvrée.
Le combat eft fini. J'ai couru près de vous,
Croyant que dans ces lieux je verrois votre époux.

A N D R O M A Q U E.

O ciel ! croirai-je enfin cette heureufe nouvelle ?
Et n'abufez-vous plus une foible mortelle ?

P R I A M.

Nous l'entendrons bientôt raconter fes exploits.

A N D R O M A Q U E.

Le ciel peut nous tromper une feconde fois.
Pardonne, cher Hector, à mon amour extrême
Les foibleffes d'un cœur tremblant pour ce qu'il aime.
Je connois ta valeur, je fais quel eft ton bras,
Et tout autre fuccès ne m'étonneroit pas.
Mais hélas ! quand j'apprens une telle victoire,
Je la fouhaite trop, cher Hector, pour la croire...
Ah que dis-je ? Écartons ce doute injurieux,
J'offenfe mon époux, & j'outrage fes Dieux.
J'en crois le bras d'Hector plutôt qu'un vain préfage,
Devois-je un feul inftant douter de fon courage ?
Hector a triomphé puifqu'il a combattu,
Et les Dieux font toujours amis de la vertu.

PRIAM.

Voyez combien de fois la Fortune inconſtante
En un ſeul jour, Madame, a trompé mon attente.
Voyez par quels reſſorts inconnus aux humains
Le Ciel quand il lui plaît traverſe nos deſſeins.
Ce matin, échauffés d'une audace guerriere
Mes ſoldats ſe flattoient d'une victoire entiere.
La Grece épouvantée alloit voir ſes vaiſſeaux
Dévorés par la flamme, ou noyés dans les eaux.
Achille, & la fortune à le ſuivre obſtinée,
Soudain de ce combat changent la deſtinée.
Les Troyens à leur tour quittent leurs étendarts,
Achille les pourſuit juſques ſous nos ramparts.
Mais la Mort l'attendoit & non pas la Victoire.
Un moment fait ſa honte après dix ans de gloire.
Cet Achille ſuperbe a vû les ſombres bords;
Que de Grecs le ſuivront dans l'empire des morts.
Tant il eſt vrai toujours que malgré la prudence,
Malgré le feu des ans, l'orgueil de la naiſſance,
Et tous les vains projets d'un cœur ambitieux,
Un mortel ne peut rien ſans le ſecours des Dieux.
  Vous voyez nos ſuccès. D'un amour légitime
Je ne veux point, Madame, ici vous faire un crime ;
Cependant ſi touché des larmes de l'amour
Hector à vos douleurs eut accordé ce jour ;
Voyez les maux où Troye alloit être expoſée.

ANDROMAQUE.

Par un ſonge trompeur les Dieux m'ont abuſée,
Mais le ciel m'envoyoit de faux preſſentimens
Pour me faire éprouver des tranſports plus charmants ;
Et quoique votre amour égale ma tendreſſe
Vous ne reſſentez pas toute mon allégreſſe ;
Il vous faudroit paſſer pour la pouvoir ſaiſir
De l'extrême douleur à l'extrême plaiſir.
  Revien, mon cher Hector, oui c'eſt moi qui t'appelle.
Revôle dans les bras d'une épouſe fidelle.
Seigneur, que tardez-vous ? Et pourquoi dans ces lieux
Attendre le retour d'un fils victorieux ?

Qu'il voye en arrivant son pere & son épouse.
De ses premiers regards Andromaque est jalouse.
Sans doute les Troyens ont devancé nos pas ,
Pourquoi , Seigneur , pourquoi ne les suivons-nous pas ?
Montrons-lui les transports de notre amour extrême ,
Courons pour l'embrasser...L'on vient... Ah c'est lui-même.

SCENE IV.

HECTOR , PRIAM , ANDROMAQUE , ISMENE.

ANDROMAQUE.

APRE's tant de dangers , c'est donc vous que je voi ,
Trop généreux époux !

PRIAM.

               Cher Hector , est-ce toi ?
Achille est maintenant couché sur la poussiere ,
Et mon fils son vainqueur voit encor la lumiere !
En croirai-je mes yeux ? Est-ce-là dans tes mains
Ce glaive qui dix ans fit trembler les humains ?

HECTOR *tenant l'épée d'Achille.*

Oui ce fer vient d'Achille , oui c'est-là son épée.
Dans un sang cher aux Grecs , Seigneur , je l'ai trempée.
Si mon bras cependant est secondé des Dieux ,
Dans un sang plus terrible & non moins odieux
Peut-être en ce jour même elle sera plongée ,
Et par ce coup heureux Troye à la fin vengée. ...

ANDROMAQUE.

Quelle est cette victime échappée au trépas ?

PRIAM.

Où tend donc un discours que je ne comprends pas ?
Raconte-moi comment cet Achille indomptable
A pu tomber , mon fils , sous ton bras redoutable.

HECTOR.

Les Troyens qu'un feul homme avoit épouvantés
Fuyoient loin du Scamandre à pas précipités ;
Je m'écrie ; & la honte excitant leur courage
Je les ai fait bientôt revôler au carnage.
Mais je vois Sarpédon qui malgré fon grand cœur
Étoit déja tombé fous le fer du vainqueur ,
Et qui n'efperant plus de revoir la lumiere,
Mordoit en frémiffant la fanglante pouffiere.
» Venge-moi , me dit-il , & je meurs fans regret.
Oui j'y cours , cher ami , tu feras fatisfait.
Au milieu des deux camps auffitôt je m'élance ,
Je veux du fang d'Achille affouvir ma vengeance.
Je l'appelle à grands cris ; je le cherche des yeux.
» Ne le verrai-je point , ce Grec audacieux ?
» Qu'il vienne jufqu'à moi ; fi l'éclat de fes armes
» A jetté les Troyens dans de vaines allarmes ,
» Si mes foldats ont fui , prétendra-t-il encor
» Par le feul nom d'Achille épouvanter Hector ?
Il me voit , il m'entend , il en frémit de rage.
Les deux camps étonnés nous ouvrent un paffage.
Il s'élance vers moi. Plus brillans que l'éclair
Et fon cafque & fon glaive étincellent dans l'air.
Il garde cependant un filence faróuche ,
Aucuns cris , aucuns mots n'échappent de fa bouche.
Nous nous joignons. Longtems nos glaives agités
Donnoient & repouffoient des coups précipités.
Mais chez moi le Courage écoutoit la Prudence.
Furieux il me preffe , il s'expofe , il s'avance ;
Tranquille je l'attens ; j'obferve tous fes pas ,
Et tandis qu'il s'apprête à déployer fon bras ,
Prévenant tout-à-coup fa rage meurtriere ,
Mon épée en fon fein fe plônge toute entiere.
» Meurs , dis-je , fur le corps des amis que je perds ,
» Et rejoins Sarpédon qui t'appelle aux enfers.

PRIAM.

Quel victoire !

HECTOR.

‑ Il tombe , & mes mains triomphantes

Le dépouillent foudain de fes armes fanglantes.
Je lui leve fon cafque.... Ah trop funefte erreur !
Mon pere.....

PRIAM.

Que dis-tu ?

ANDROMAQUE.

Diffipe ma terreur.

HECTOR.

Vous m'en voyez encore interdit , immobile ;
Ce Grec. ...

ANDROMAQUE.

Pourfuis. ...

PRIAM.

Comment ?...

HECTOR.

Ce n'étoit point Achille.

ANDROMAQUE.

Jufte ciel ! Et qui donc ?

HECTOR.

C'étoit Patrocle.

ANDROMAQUE.

O Dieux !

Qui l'auroit crû ?

PRIAM.

Patrocle ! Ah deftins envieux !

HECTOR.

Pour femer parmi nous la fuite & les allarmes
Il avoit pris d'Achille & le char & les armes,
Et déja ce vainqueur élancé dans nos rangs
Moiffonnoit tous les miens fous fon glaive expirans ;

Mais enfin , grace au ciel , cette main vengereſſe
A pourtant arrêté ſon orgueilleuſe ivreſſe.
Il n'eſt plus ; tous les Grecs abuſés comme nous
Croyant qu'Achille eſt mort rallentiſſent leurs coups.
Je n'ai point à leurs yeux dévoilé ce miſtere
Et même à ſes ſoldats j'ai crû le devoir taire.
En effet tout remplis d'une flatteuſe erreur
Ils ont chargé les Grecs avec plus de fureur.
Ils voloient ſur mes pas ; tout a changé de face ;
Et la victoire enfin a ſuivi notre audace.

PRIAM.

Et le corps de Patrocle ?

HECTOR.

Il eſt en mon pouvoir.
J'euſſe expiré plutôt que de ne point l'avoir.
Sous les yeux d'Agénor on le conduit à Troye.

PRIAM.

Quoi ! Les Grecs en fuyant t'ont lâché cette proie.

HECTOR.

Je l'avourai , Seigneur ; mon fer étincelant
Les écartoit en vain de Patrocle ſanglant.
Sur le ſable étendu , ſa profonde bleſſure
Excitoit ſes amis à vanger ſon injure.
La plupart dans leur ſang & dans le ſien noyés
Combattoient ſur ſon corps & tomboient à ſes pieds,
Ajax qui frémiſſoit de voir ma réſiſtance ,
Aux feux du déſeſpoir allume ſa vengeance.
Il ſe fraye un chemin à travers mille morts ,
De Patrocle cinq fois il m'arrache le corps ;
Et cinq fois ma fureur encor plus mutinée
Court enlever Patrocle à ſa rage obſtinée.

PRIAM.

De tout ce que j'entens mon eſprit étonné. . . .

HECTOR.

Mais pourquoi dans un jour ſi grand , ſi fortuné ,

Pourquoi , belle Andromaque , en proie à la triftelle
Recevez-vous ainfi le vainqueur de la Grece ?
Je cherche vos regards , & vous fuyez les miens !
Seriez-vous infenfible au bonheur des Troyens ?
Délivrez mon efprit d'un doute infuportable ;
Quel ennui dévorant vous trouble & vous accable ?
Quelle fombre douleur appéfantit vos yeux ?
Pour la premiere fois vous ferois-je odieux ?
Faut-il vous délivrer d'une trifte préfence ?
Qui peut caufer vos pleurs , & ce cruel filence ? …
Vous ne répondez rien ! Et mes foins fuperflus. …

ANDROMAQUE.

Hector , ménage un cœur qui ne fe connoît plus.
Ta préfence toujours y porta l'allégreffe :
Mais hélas , le dirai-je ? Excufe ma foibleffe ,
Je te vois … cependant je frémis de te voir.
D'un Dieu qui me pourfuit l'invincible pouvoir
Entr'ouvre fous nos pas un abîme terrible ,
Et préfente à mes yeux un avenir horrible.
Je voudrois dans mon cœur faire entrer les plaifirs ,
Mais mon cœur fe refufe à fes propres defirs ;
Et d'un trouble inconnu ma joie empoifonnée
D'une fecrette horreur femble être environnée.

HECTOR.

D'où vous vient cette crainte ? Et pourquoi votre amour. …

ANDROMAQUE.

Si Patrocle n'eft plus , Achille voit le jour.
Et peut-être bientôt oubliant fa querelle
Pour venger le trépas d'un ami fi fidelle. …

HECTOR.

Quand lui-même il viendroit. …

SCENE V.

PRIAM, ANDROMAQUE, HECTOR, AGÉNOR, ISMÉNE.

PRIAM.

A GÉNOR que veux-tu ?

AGÉNOR.

Achille...

ANDROMAQUE.

O ciel !

HECTOR.

Hé bien !

AGÉNOR.

Seigneur, il a paru.

PRIAM.

Allons mon fils, allons....

ANDROMAQUE *à Hector.*

Craignez que sa vengeance...

HECTOR.

Qui ? Moi ! Je l'attendois avec impatience.
Superbe Achille, enfin la mort de ton ami
A donc pu réveiller ton courage endormi !
Ne crois pas qu'en ces lieux la crainte me retienne.
Si la soif de combattre est égale à la mienne,
L'un & l'autre bientôt nous serons satisfaits,
Et je cours de ce pas seconder tes projets.

à Andromaque en lui montrant l'épée d'Achille.

Ce fer qui jusqu'ici vous causa tant d'allarmes.

Peut-être à Bryséis fera verfer des larmes.
Le tems eſt précieux , ſuis-moi , cher Agénor ;
Sois témoin de la gloire ou du malheur d'Heſtor.

AGÉNOR.

Ah modérez ce feu que l'honneur vous inſpire ;
Seigneur , ſi vous ſaviez...

HECTOR.

                              Ami , que veux-tu dire ?
O Dieux , à quel malheur m'auriez-vous reſervé ?
Ne me déguiſe rien , qu'eſt-il donc arrivé ?

AGÉNOR.

A peine vous quittiez les campagnes du Xante ,
Sur les flots à l'inſtant Achille ſe préſente:
Il voit que tous les ſiens cédans à nos efforts
De Patrocle ſans vie abandonnent le corps:
Plus leger que le vent , plus prompt que le tonnerre
Seul dans ſon déſeſpoir il vole ſur la terre.
Il foule aux pieds les Grecs ſous nos coups terraſſés ,
Et vient en frémiſſant juſques ſur leurs foſſés.
Il n'étoit point couvert d'armes étincelantes ;
Ses regards qui lançoient des flammes dévorantes
Ont ébloui les yeux de nos Troyens vainqueurs ,
Et des Grecs fugitifs ont ranimé les cœurs.
Il pouſſe trois grands cris. Sa voix s'eſt fait entendre
Des bords de l'Helleſpont aux ſources du Scamandre ;
Et trois fois nos ſoldats redoutant ſa fureur
Ont pâli d'épouvante & reculé d'horreur.
Sa voix qui pour les Grecs eſt le cri de la Gloire
Dans le camp des vaincus rappelle la victoire.
A l'envi l'un de l'autre Ajax & Ménélas
Sur nos rangs éperdus font voler le trépas.
Les Troyens dans la fuite ont cherché leur azile ,
Et le corps de Patrocle eſt dans les mains d'Achille.

PRIAM.

Quoi ! la voix de l'honneur n'a pû les retenir !

HECTOR.

Trop indignes ſoldats je ſaurai vous punir.

                                        AGÉNOR,

AGE'NOR.

Achille & tous les Grecs ont gagné le rivage
J'ignore quels projets a médités leur rage ,
Mais la flotte , Seigneur , de momens en momens
Fait retentir les airs de ses frémissemens.

PRIAM.

Ah sans doute qu'Achille , & tout le camp s'aprête
A revenir encor...

HECTOR.

Prévenons la tempête.
Achille veut combattre , il faut l'aller chercher.
Si mes lâches Troyens refusent de marcher ,
Si le fort jusques-là m'abandonne & m'outrage,
Il me reste un dessein digne de mon courage.

PRIAM.

Je ne te quitte point. Je vole à ton secours.
Je défendrai mon trône aux dépens de mes jours.
Mon bras ne sera point tout-à-fait inutile.
Jadis j'ai combattu d'autres guerriers qu'Achille.
Tu vas me voir encore accompagñant tes pas
De la voix , de l'exemple animer tes soldats.
Malgré le faix des ans ne crois pas que je tremble ;
Hector , si tu péris , nous périrons ensemble.

Fin du troisiéme Acte.

ACTE IV.

SCENE PREMIERE.

HECTOR, PRIAM.

HECTOR.

E perfides Soldats à ce point m'outrager !
M'abandonner ainſi quand je veux les venger !
Après tant de ſuccès, qui l'auroit cru, mon Pere,
Que le Ciel à nos vœux deviendroit ſi contraire ?
Achille, avec ſes Grecs, volans de toutes parts,
Va dans l'inſtant peut-être aſſiéger vos remparts.
A l'ombre de nos murs faudra-t'il les attendre ?
Remettrons-nous aux Dieux le ſoin de nous défendre ?
Et vous lâches Troyens.... Non, non, vous combattrez,
Ou de la main d'Hector, ingrats, vous périrez.
Ilion déſormais vous offre un vain azile.
Hector ſera pour vous plus à craindre qu'Achille.
Du fond de leur retraite allons les arracher
Mon Pere, & ſur nos pas forçons les de marcher.

PRIAM.

Hector, où courez-vous ? Quel tranſport vous agite ?
Ne calmerez-vous pas cette fureur ſubite ?
D'un Pere qui vous aime écoutez les avis ;

Vous ne rougirez point de les avoir suivis.
Le Ciel en votre cœur a mis un grand courage ;
Mais il est des vertus qu’on n’a point à votre âge.
La prudence n’est pas le fruit des jeunes ans.
Ah mon fils je le sais ; c’est l’ouvrage des tems.
Le tems & les malheurs donnent l’expérience ,
Et c’est pour commander la premiere science.
Voulons-nous des Troyens ramener les esprits ?
Dissimulons encore un trop juste mépris.
Loin même d’éclater en fureurs indiscretes ,
Laissons-les se cacher dans leurs viles retraites.
Vous les verrez bientôt pour calmer mon courroux
Détestant leur foiblesse embrasser mes genoux.
Mais à présent mon fils que le retour d’Achille
A jeté dans les cœurs une crainte servile ,
Il faut ceder aux loix d’un destin rigoureux.
Ne livrez point aux Grecs un combat dangereux ;
Mon Empire en dépend ainsi que votre gloire.
Ilion deviendroit le prix de leur victoire.
Vos timides Soldats , tremblans à vos côtés ,
Au signal du combat fuiroient épouvantés.
Malgré tous les efforts de votre audace altiere ,
Seul , comptez-vous , mon fils , vaincre une armée entiére ?
Avant que de tenter des succès incertains ,
Laissons des Ennemis éclater les desseins ,
Hector , pour ce moment , songeons à nous défendre ;
Le tems nous instruira du parti qu’il faut prendre.

HECTOR.

Oui , Seigneur , je le vois , la perte d’un combat
Entraineroit bientôt la chute de l’état.
Mais il est un moyen de sauver cet Empire.

PRIAM.

Ce moyen , Quel est-il ?

HECTOR.

Je vais vous en instruire.
De ce hardi projet vous serez étonné ,
Mais cependant mon cœur ferme & déterminé....

SCÉNE II.

PRIAM, HECTOR, AGÉNOR.

AGÉNOR.

AH ! c'en eſt fait ; le Ciel a juré notre perte.
D'Ennemis furieux la Campagne eſt couverte.
Bientôt de tous les Grecs nos murs environnés
A ces cruels vainqueurs feront abandonnés.
Achille eſt à leur tête, Achille les dévance.
Il traîne à ſes côtés la Mort & la Vengeance.
Le fer brille en ſes mains. Sur nos vaſtes remparts
Il jette en frémiſſant d'effroyables regards.
Des cris de ſa fureur les rives retentiſſent.
Juſqu'au ſein d'Ilion les Troyens en paliſſent.
Seigneur, tout eſt perdu, ſi vous ne paroiſſez ;
Vos plus braves Soldats tremblans & diſperſés. .

HECTOR.

Agénor écoutez...

Il lui parle bas.

PRIAM.

En ce péril extrême
O Dieux inſpirez-nous...

AGENOR *ſurpris à Hector.*

Vous Seigneur !

HECTOR.

Oui moi-même.
Cours te dis-je, & reviens.

AGENOR.

Ah ſouffrez...

HECTOR.

Obéis.

SCENE III.
PRIAM, HECTOR.

PRIAM.

Où va donc Agénor ? O Ciel ! tu me trahis.
Est-il quelque secret que je ne puisse apprendre ?
Pourquoi donc ce départ que j'ai peine à comprendre ?
Et d'où vient qu'Agénor tout-à-coup allarmé
A pali du dessein dont tu l'as informé ...
Mais que vois-je à mon tour ? Ciel ! quel heureux présage ?
Quelle sérénité brille sur ton visage ?
La joye & l'espérance éclatent dans tes yeux ;
Et je crois voir en toi le plus grand de nos Dieux.
Au comble du malheur d'où te vient cette audace ?
Le destin d'Ilion va-t-il changer de face ?
Ne me cache plus rien. Réponds-moi, cher Hector,
Qu'as-tu donc résolu ? Que va faire Agénor ?
Il me trahit peut-être...

HECTOR.

A mes ordres docile

Mon Pere, il va trouver...

PRIAM.

Qui donc mon Fils ?

HECTOR.

Achille,

Et de ma part, Seigneur, il va lui proposer
Un combat que sans honte il ne peut refuser.

PRIAM.

O Ciel ! dans quels transports ton courage s'égare ?
Quoi tu veux t'exposer à sa fureur barbare !
Hector, tu vas périr sous les coups triomphans.

C iij

De ce Tigre altéré du sang de mes Enfans.
Songe combien de fois en sa triste colere
Le Cruel a couté des larmes à ta Mere.
Tes yeux ont vû le fort de mes Fils malheureux,
Peut-être il te prépare un destin plus affreux !
Que deviendrois-je hélas ! après tant de miseres,
S'il te joignoit, mon Fils, aux manes de tes freres!
Que nous restera-t-il après t'avoir perdu ?
Ilion se noyera dans ton sang répandu.
Accablé sous le poids de ma vieillesse extrême
Par le fer du vainqueur je périrai moi-même ;
Implorant, mais envain, l'appui des Immortels
J'expirerai peut-être au pié de leurs autels.
Ah mon Fils, ne va point trop fier, trop magnanime,
Obéir aux transports de ce feu qui t'anime.
La jeunesse attend tout de l'intrépidité,
Mais la honte souvent suit la témérité.....
Hector, c'en est donc fait ; & ton ame inflexible
Aux traits de la pitié demeure inaccessible !
Tu ne me reponds rien ! Tu ne m'écoutes plus !
Tandis que je m'épuise en regrets superflus,
Peut-être au fond du cœur ta bouillante Jeunesse
Rit des foibles conseils d'une sage Vieillesse...
La Nature te parle... entens du moins ses cris.
L'honneur t'ordonne-t-il de n'être plus mon Fils ?
Non, non j'empêcherai ce combat téméraire,
Si tu n'es plus mon Fils ; je suis encor ton Pere.

HECTOR.

N'écoutez plus, Seigneur, l'amour qui vous séduit ;
Voyez l'état cruel où le fort nous réduit.
Remettez en mes mains la Vengeance de Troye ;
C'est dans les grands périls qu'un grand Cœur se déploye.
Des coups de la fortune il n'est point abbatu ;
Change-t-elle de face ! Il change de vertu.
Cessez de retenir ma noble impatience.
Dans mon seul désespoir mettez votre espérance,
Et croyez avec moi qu'en cette extrémité
Le parti le plus sage est la témérité.
Et que fais-je après tout qui soit si témeraire !
Oubliez s'il se peut que vous fûtes mon Pere ;
Songez un seul instant que vous êtes mon Roi,

Vous rougirez alors d'avoir tremblé pour moi.
Je combats un héros qui toujours intrépide
Au milieu des hazards vola d'un pas rapide ,
Mais enfin quel qu'il soit ce Héros si vanté ,
Jamais depuis dix ans m'a-t-il épouvanté ?
D'où vous vient aujourd'hui ce funeste présage ?
Pourquoi me parlez-vous ce timide langage ?
Sont-ce là les discours que j'entendois jadis
Quand Priam au combat faisoit marcher son fils ,
Et quand ce Roi volant de victoire en victoire
Frayoit au jeune Hector les sentiers de la Gloire ?
Ah si Laomédon eût tremblé pour vos jours ,
Vous n'eussiez point d'un Pere écouté les discours.
Vous qui me retenez , sans doute qu'à mon âge
Votre valeur encore eût osé davantage.
Non, non n'esperez plus de me persuader ;
La mort même , la mort ne peut m'intimider.

SCENE IV.

PRIAM, HECTOR, AGÉNOR.

HECTOR.

Hé bien verrai-je Achille ?

AGÉNOR.

Il accepte avec joye
Le combat proposé sous les remparts de Troye,
Bientôt il va s'y rendre.

HECTOR.

Enfin je suis content ,
Agénor , il suffit & je pars à l'instant.   *à Priam.*
Aux yeux de tout un Camp j'ai donné ma parole ,
C'est à vous de juger s'il est tems que j'y vole.
Mais avant ce combat, daignez, daignez, Seigneur,
Au sein de votre Fils épancher votre cœur.

Condamnez-vous encor cette ardeur qui me preſſe ?
Auroit-elle d'un Pere alteré la tendreſſe ?
Faudra t-il que l'honneur me coute un ſi grand prix.
Je me jette à vos pieds.

PRIAM.

                         Embraſſe-moi , mon Fils.
Je t'admire ; va , cours où ton devoir t'appelle.
Va couronner ton front d'une gloire immortelle ,
Va triompher d'Achille , & revole en ces lieux
Fumant encor du ſang de ce Grec odieux.

HECTOR.

Je reconnois mon Pere à ce noble langage.
C'eſt ainſi que toujours excitant mon courage....

PRIAM.

Adieu mon Fils... Je ſens que mon cœur abbatu
Rappelle, mais en vain, ſa premiere vertu.
Je te fuis ; je pourrois dans ma foibleſſe extrême
Inſpirer des conſeils dont je rougis moi-même.
Ah ne prolongeons plus ces funeſtes adieux.
Tu vois déja des pleurs s'échapper de mes yeux.
J'admire les projets de ta ſuperbe audace ,
Mais un trouble inconnu m'épouvante & me glace ;
La Nature à mon cœur redemande ſes droits.
Adieu... peut-être hélas ! pour la derniere fois.

HECTOR.

Ah ! mon Pere...

SCENE V.

HECTOR, AGÉNOR.

HECTOR.

IL me fuit ! d'où naît donc sa foibleſſe...
Mais Achille m'attend ; cher ami je te laiſſe.

AGÉNOR.

Seigneur , & votre Epouſe ? Avant que de partir
Ne la verrez-vous point ?

HECTOR.

Je n'y puis conſentir.
Je crains en la voyant d'irriter ſes allarmes ;
Et peut-être moi-même à l'aſpect de ſes larmes
Je pourrois... Agénor , va la trouver pour moi ;
Dis-lui qu'avec Achille... Ah grands Dieux ! je la voi.

SCENE VI.

HECTOR, ANDROMAQUE, ISMENE, AGÉNOR.

ANDROMAQUE.

L'AI-JE bien entendu ! Dieux ! feroit-il poſſible !
Tu vas ſeul affronter cet Achille invincible !
Le barbare ſur toi vengera le trépas
De Patrocle & des Grecs immolés par ton bras.
Hélas ! mes yeux ont vû cet Achille en furie
Par le fer & le feu déſoler ma Patrie.
J'ai vû... pourquoi faut-il de ces tems rigoureux

Me rappeller encor le souvenir affreux ?
J'ai vû dans un seul jour sept freres & mon Pere
Par Achille égorgés sous les yeux de ma Mere ,
Et cette Mere , ô Ciel ! quel spectacle d'horreur !
Sur leurs corps palpitans expirer de douleur.
Mais tu me tenois lieu de Patrie & de Pere ,
Je retrouvois en toi mes Freres & ma Mere.
Je puis joindre à ces noms le tendre nom d'Epoux ,
Hector , si je te perds , en Toi je les perds tous....
Que ne puis-je au tombeau descendre la premiere !
La main de mon Epoux fermeroit ma paupiere.
Mais si tu vas périr sous un fer inhumain ,
Après ce coup affreux quel sera mon destin ?
Aux pieds de mon Epoux je verrai tomber Troye ,
D'un vainqueur furieux elle sera la proye.
Encor si je pouvois avec elle expirer ! ;
Mais j'aurai mille affronts peut-être à dévorer.
De climats en climats j'irai montrer mes chaînes ,
J'irai servir de fable aux peuples de Mycènes ,
Et loin de mon Hector dans un autre univers
Pleurer jusqu'au cercueil & ta mort & mes fers.
En proie à mes ennuis , languissante , captive ,
Parmi tes assassins il faudra que je vive.
Sans cesse j'entendrai de farouches Soldats
D'Hector à leurs enfans raconter le trépas.
Pour contempler ma honte , ils voudront me connoître,
Objet de leurs mépris , je les verrai peut-être
Répéter devant moi pour t'insulter encor
Cette Esclave des Grecs est la Veuve d'Hector.

HECTOR.

Songez loin d'écouter un si triste présage
Que la Femme d'Hector doit avoir son courage.
Les Dieux de mon Pays , quand je combats pour eux ,
Seconderont l'effort de mon bras généreux.
Chere Andromaque , hélas ! quand la Parque ennemie
Dans ce combat fatal m'arracheroit la vie ,
Témoins de vos vertus , touchés de vos douleurs ,
Les Grecs n'oseront pas insulter à vos pleurs.
Les Dieux , dont vous craignez la funeste vengeance ,
Jusques dans leur courroux respectent l'innocence,

De quel crime ces Dieux ont-ils à vous punir ?
Ne vous égarez point dans un triste avenir ;
Si ma vie en ce jour doit se voir terminée
En vain je chercherois à fuir ma destinée.
Le Destin regle tout. L'instant de notre mort
Avant que nous naîssions est marqué par le Sort.
Mais pourvû qu'un Héros à soi-même survive,
Son grand cœur ne craint pas que ce moment arrive.
Trop heureux les Mortels dont les exploits fameux
Passent de bouche en bouche à leurs derniers neveux,
Et qui des tems jaloux osant braver l'outrage,
Des siècles avenir emportent le suffrage,
Et laissent en mourant pour vanger leur trépas
Le souvenir d'un nom qui ne périra pas.
N'excitez plus vos yeux à répandre des larmes.
J'ignore si le Ciel doit seconder mes armes.
Mais le dessein est pris. Tout est consideré,
Et je rends grace aux Dieux qui me l'ont inspiré.
Dans le cruel état où je vois ma Patrie
La sauver ou périr est tout ce que j'envie.
C'est Moi que Troye en pleurs appelle à son secours.

ANDROMAQUE.

Ne peux-tu la sauver qu'aux dépens de tes jours ?

HECTOR.

Sont-ils à moi ces jours ? Quoi j'ai vû tant de Princes
Abandonner pour nous leurs Trônes, leurs Provinces,
S'exposer sans pâlir aux plus affreux dangers,
Et mourir sans regret sur des bords étrangers
Et moi, témoin honteux de leurs nobles blessures,
Moi qui les appellai pour venger mes injures,
Tremblant dans Ilion, soigneux de m'y cacher,
J'attendrai que les Grecs viennent m'en arracher !
Loin de me retenir dans cet indigne azile,
Pressez, pressez Hector à se vanger d'Achille ;
Allumez contre lui ma haine & mon courroux.
Votre famille entiere expira sous ses coups ;
Esperez-vous encor quelque nouvel outrage ?

Et dois-je attendre enfin pour arrêter sa rage
Qu'Achille ait couronné ses projets inhumains ,
Qu'il ait porté sur vous ses homicides mains ,
Qu'il égorge nos Fils , nos Peres & nos Femmes
Qu'il livre Troye entiere à la fureur des flammes ?
Et que me serviroit alors de l'en punir ?
Pour tromper ces malheurs je veux les prévenir,
Ilion renaîtra s'il faut qu'Achille expire ,
Son trépas me répond du salut de l'Empire.

   Si les Dieux autrement ordonnent de mon sort ,
Je bénirai ces Dieux dans les bras de la mort ;
Heureux , heureux qu'Achille en terminant ma vie
N'ait pas fait avant moi succomber ma Patrie !

ANDROMAQUE.

Hébien , Seigneur , hébien , puisque Troye en ce jour
A pu fermer vos yeux aux larmes de l'amour ,
Allez donc , j'y consens ; allez mourir pour elle ;
Volez loin d'une Epouse où l'honneur vous appelle ;
Mais croyez qu'à l'honneur fidelle comme vous ,
Je saurai chez les morts rejoindre mon Epoux.
Je ne vous retiens plus.

HECTOR.

                    Généreuse Princesse ,
Hélas ! où vous emporte une aveugle tendresse ?
Toi me suivre au tombeau ! Loin de plaire à mes yeux
Un tel excès d'amour me seroit odieux.
Ce jour même mon Fils peut n'avoir plus de Pere ,
D'un Fils si jeune encor sauve du moins la Mere. *
Ce dépôt précieux en tes mains est remis :
Tu reverras Hector dans les traits de son Fils.
Des malheurs d'Ilion retrace lui l'histoire ,
Fais qu'il aime ses Dieux , son Pays & sa Gloire.
Si de ses Ennemis ce Fils victorieux
Se voit un jour au Trône où regnoient ses Ayeux ;
Pren soin qu'environné de la Grandeur suprême ,
Sa vertu brille encor plus que son Diadême ,

* Andromaque parle bas à Ismène. Ismène sort.

Et que des vains plaifirs le charme empoifonneur
Ne lui raviffe un tems qu'il doit tout à l'honneur ;
Qu'il traitte fes Sujets plus en Pere qu'en Maître,
Qu'il faffe des Heureux pour mériter de l'être ;
Dis-lui que digne alors de l'abfolu pouvoir
Pour être aimé du Peuple , il n'a qu'à le vouloir.
Chere Epoufe au tombeau garde-toi de me fuivre.
C'eft l'intérêt d'un Fils qui t'ordonne de vivre.

ANDROMAQUE.

Hélas !

HECTOR.

Seche tes pleurs, & reçoi mes adieux.

ANDROMAQUE,

Arrêtez... il m'échape.　　**HECTOR.**

En s'en allant il rencontre dans le fond du Théâtre
le jeune Prince fon fils qu'Andromaque avoit en-
voyé chercher par Ifmène.

　　　　　Ah que vois-je , grands Dieux !

SCENE VII.

HECTOR, ANDROMAQUE, *le jeune* ASTIA-
NAX , AGÉNOR , ISMENE.

ANDROMAQUE.

O Mon fils , mon cher fils , vien fecourir ta mere ,
Vien , embraffe avec moi les genoux de ton pere.
S'il t'abandonne hélas ! Quel fera ton apui !

Ils fe jettent tous deux aux genoux d'Hector.

Cher époux, pren pitié de fa mere & de lui.
Bientôt fi je te perds , tous les Grecs en furie
Viendront du fils d'Hector me demander la vie.

Mes pleurs, qui d'un époux n'ont pu toucher le cœur,
Pourront-ils attendrir un barbare vainqueur....
Hélas ! En expirant fur le fein de fa mere
Ce jeune enfant peut-être appellera fon pere.

HECTOR.

Tes pleurs parloient affez à mes fens attendris
Sans y mêler encor les larmes de mon fils.
Loin de te préfenter cette cruelle image,
Permets qu'un doux efpoir ranime ton courage.
Dans ce fils au berceau je te laiffe un vengeur.
Qu'il foit de ta vieilleffe & la joie & l'honneur !
Ah ! Puiffe-t-il un jour par l'éclat de fa gloire,
De tout ce que j'ai fait effacer la mémoire,
A tes yeux éperdus s'élancer aux combats,
Vainqueur & tout fanglant revôler dans tes bras,
Et des Grecs immolés par fes mains triomphantes
Déployer devant toi les dépouilles fumantes !
Tu verras Troye entiere accourant près de lui
L'appeller fon vengeur, fon maître & fon appui.
C'eft Hector, dira-t-elle ? Hélas ! Tel fut fon Pere
Quand d'Achille autrefois il bravoit la colere....
Cependant cet Achille accufe ma lenteur.
Embraffe-moi, mon fils.

ANDROMAQUE.

C'en eft donc fait, Seigneur....
Nous ne vous verrons plus.

HECTOR.

Ah c'eft trop l'un & l'autre
Chercher dans l'avenir & mon fort & le vôtre....
Adieu chere Andromaque.

ANDROMAQUE.

Adieu mon cher Hector....
Mais non, fauve tes jours ; il en eft tems encor.

HECTOR.

Cesse de m'outrager par ces vaines allarmes.
Je rougirois qu'Achille eut vû couler tes larmes.
Bientôt couvert du sang qui va payer tes pleurs ,
Je reviens près d'un fils consoler tes douleurs.

Fin du quatriéme Acte.

ACTE V.

SCENE PREMIERE.

ANDROMAQUE.

L eſt parti, grand Dieux ! Ah mortelles allarmes !
Je le cherche, il me fuit; j'expire dans les larmes.
Le cruel s'eſt enfin échappé de mes bras.
Il va combattre, il vole au devant du trépas.
Que n'ai-je point tenté pour fléchir ſon courage ?
Mes pleurs l'ont pourſuivi juſques ſur le rivage ;
Mais ſon cœur inflexible a bravé tour à tour
Les cris de la Nature & les pleurs de l'Amour.

SCENE II.

ANDROMAQUE, ISMENE.

ANDROMAQUE.

Pourquoi me fuyois-tu ? Viens, viens ma chere Iſmène

ISMENE.

Vous me voyez, Madame, éplorée, incertaine ;

Quel

Quel deſtin ennemi vous cachoit à mes yeux ?
Trois fois pour vous chercher j'ai parcouru ces lieux.

ANDROMAQUE.

Tout m'accable à la fois. Le Ciel inexorable
Me livre toute entiere à mon ſort déplorable.
Victime dévouée aux celeſtes fureurs
Des plus cruels tourmens j'éprouve les horreurs.
Livrée au déſeſpoir, inquieté, agitée,
Dans ce vaſte Palais je cours épouvantée.
Je voudrois en fuyant égarer mon effroi,
Sans ceſſe il me pourſuit & vole autour de moi.
   Mais quels ſaiſiſſemens, & quelle horreur ſoudaine !
D'ou vient que je m'égare ? Ou ſuis-je, où vai-je, Iſmène ?
Approchè, tien, regarde... O ciel ! ne vois-tu pas
Quel abime effroyable environne mes pas ?
Tous mes ſens ſont glacés d'une frayeur mortelle.
La terre fuit ſous moi. Je frémis, je chancelle...
Quelle nuit tout à coup me dérobe le jour ?
L'enfer s'ouvre, & je tombe en cet affreux ſéjour.
Ah ! quels cris ont frappé mes oreilles craintives ?
Que de mânes errans & que d'ombres plaintives ?
O ciel ! que de Troyens par Achille immolés !
Fuyons ; arrachons-nous de ces lieux déſolés.
Je tremble que d'Hector l'ombre pâle & ſanglante...
Juſte Ciel ! à mes yeux quelle ombre ſe préſénte ?
Elle me tend les bras, elle fuit devant moi...
Grands Dieux ! c'eſt mon Epoux ? c'eſt Hector que je voi !
Où nous raſſemble hélas ! la fortune cruelle !
Arrête, cher Hector ; Andromaque t'appelle.
Pourquoi te dérober à ſes embraſſemens ?
Hector, Hector, arrête... Hélas ! il n'eſt plus tems ;
L'inflexible Nocher de la rive infernale
L'entraine loin de moi dans ſa Barque fatale...
Ah ! laiſſe-moi, Cruel, le ſuivre chez les Morts.
Mais ſa Barque déjà touche les ſombres bords ;
Déjà mon Epoux vole où les Parques l'attendent.
Envain de tous côtés mes yeux le redemandent ;
Envain j'appelle Hector ; Hector fuit aux Enfers.
Ma voix, qu'il n'entend plus, s'égare dans les airs.

D

I S M È N E.

Rendez, rendez le calme à votre ame abbatue ;
Pourquoi nourrir ainſi le poiſon qui vous tue ?
Diffipez vos frayeurs. Vous ignorez encor
Si le ſuperbe Achille a triomphé d'Hector.
Croyez plutôt, croyez que tout couvert de gloire ,
Hector à ſon rival arrache la victoire.

A N D R O M A Q U E.

Iſmène, mon époux ſeroit victorieux !
Je n'oſe l'eſperer... Mais s'il l'étoit, grands Dieux !
Si le ciel aujourd'hui permet que je revoie
Et le vainqueur d'Achille & le vengeur de Troye ;
Iſmène , en le voyant. . . . Je mourrai de plaiſir. . . .
Hélas ! Peut-être il touche à ſon dernier ſoupir.
Inſenſible aux regrets d'une épouſe éplorée
Pourquoi va-t-il chercher une mort aſſurée ?
Et l'amour & le ciel lui parloient par ma voix.
Grands Dieux ! L'aurois-je vû pour la derniere fois ?
Mon cœur impatient demande s'il reſpire ,
Et ce cœur déſolé tremble de s'en inſtruire.
Cher Prince, as-tu péri ſous un fer aſſaſſin ?
Et ſuis-je heureuſe encor d'ignorer ton deſtin ?

I S M È N E.

Le bras de votre époux fut toujours invincible....
Mais détournez les yeux de ce combat terrible.
Venez auprès d'un fils oublier vos malheurs.

A N D R O M A Q U E.

Je l'ai vu ; ſa préſence irritoit mes douleurs.
Le viſage baigné des larmes de ſa mere ,
Ce Fils à chaque inſtant me demandoit ſon pere.
Dieux puiſſans , Dieux témoins de mes cruels ennuis ,
M'abandonnerez-vous dans l'état où je ſuis ?
Les pleurs que je répands , mon trouble & mes allarmes
Des yeux même d'Achille arracheroient des larmes.
J'entens du bruit , on vient.

SCENE III.

PRIAM, ANDROMAQUE, ISMENE.

ANDROMAQUE.

AH Seigneur, est-ce vous ?
Votre fils est-il mort ? Et n'ai-je plus d'époux ?

PRIAM.

Je l'ignore, Madame ; en ce désordre extrême
Je fuis tout l'univers, & je me fuis moi-même.
Je tremble comme vous qu'un funeste raport
D'un fils qui m'est si cher ne m'apprenne la mort.
Se pourroit-il, grands Dieux ! qu'un jour où la victoire....

ANDROMAQUE.

Je vous l'avois prédit, il falloit donc m'en croire.
Ah quand un songe affreux désoloit mes esprits....
Mais d'Achille en fureur n'entens-je pas les cris ?
Dieux ! C'est le sang d'Hector que son bras va répandre !...
Cher époux, dans mon cœur ta voix s'est fait entendre.
Ecoutez.... Il m'appelle. Ah je cours sur ses pas.
D'Achille tout sanglant j'arreterai le bras.
Mes pleurs désarmeront sa fureur attendrie,
Ou sa rage plutôt dans mon sang assouvie
Immolant une épouse auprès de son époux.
Réunira deux cœurs percés dès mêmes coups.

Elle sort.

PRIAM.

Ah, Madame, arrêtez. Croyez-vous que ce zele....
Mais la douleur l'emporte. Elle fuit, où va-t-elle ?
Vains & foibles secours ! Inutiles efforts !
Suivez ses pas, Ismène, & calmez ses transports.

SCENE IV.
PRIAM.

OÙ E vas-tu devenir Patrie infortunée !
Ah si mon fils est mort, pleure ta destinée.
Ton plus ferme rempart est enfin renversé.
Tes honneurs sont détruits, & mon regne est passé.
Déja la foudre en main Achille impitoyable
Enveloppe tes murs de sa rage effroyable,
Sur le corps de mes fils s'élance jusqu'à moi,
Et sur Troye expirante il égorge ton Roi....
O toi qui de ce monstre alluma la furie,
Pâris, c'est à toi seul d'en venger ta Patrie.
On entre. Je frémis. O ciel ! C'est Agénor.

SCENE V.
PRIAM, AGÉNOR.
PRIAM.

AMI tu reviens seul ! Je n'ai donc plus d'Hector.

AGÉNOR.

Achille a triomphé.... Sa rage est assouvie....
Hector n'est plus.

PRIAM.

　　　　　　Grands Dieux ! arrachez-moi la vie
Ou me rendez Hector.... Ah pere infortuné
A des pleurs éternels le ciel t'a condamné.
Mon fils, mon fils n'est plus ! Ce fils ma seule joie,
L'appui de ma vieillesse & le rempart de Troye,
Ce fils tout mon espoir,.... Il est mort ! Ah grands Dieux !
Agénor as-tu vû ce spectacle odieux ?

AGÉNOR.

Seigneur de ce combat la nouvelle semée
A peine se répand dans l'une & l'autre armée,
Ilion s'en émeut, il se trouble, il palit ;
Il veut douter encor de ce fatal récit.
Errans de tous côtés, en proie à leurs allarmes
Les Troyens éperdus s'abandonnent aux larmes.
Ils tremblent pour Hector, & leurs yeux inquiets
L'attendent en pleurant aux portes du Palais.
Il sort ; & n'écoutant que sa valeur altiere
Son oreille est fermée aux cris de Troye entiere.
Jusqu'au dernier rampart j'ai conduit ce héros ;
Alors en m'embrassant il m'adresse ces mots.
» J'aurois trop à rougir si quelque perfidie
» Dans un pressant danger me rachetoit la vie.
» Hector ne s'attend pas à de honteux secours,
» Pren soin de son honneur plutôt que de ses jours.
Il me quitte, & s'armant d'un œil fier & tranquille
Il vole jusqu'aux lieux où l'attendoit Achille.
A ce premier aspect Achille frémissant
Jette sur votre fils un regard menaçant ;
Il reconnoît son glaive, & ses armes brillantes
Que du sang de Patrocle il voit encor fumantes.
» A ma rage, dit-il, le ciel te livre enfin ;
» Et je puis de Patrocle immoler l'assassin.
Tout à coup sur Hector il se jette, il s'élance,
Au sein de votre fils, il veut plonger sa lance.
Hector a vû le coup, il sait le détourner.
Troye entiere a pali ; mais lui sans s'étonner :
» Je crains peu cette mort que ta fureur m'annonce ;
» Reçois en même-tems ce fer & ma réponse.
Le fer vole, l'ateint & se brise en éclats....
Le redoutable Achille a reculé d'un pas.
Hector en frémissant voit sa lance rompue.
Les Troyens consternés tremblent à cette vue,
Et déja quelques-uns, prêts à lancer leurs dards,
Descendoient en criant du haut de nos ramparts ;
Hector entend ces cris, il détourne la tête,
Il leur jette un regard, ce regard les arrête.

Hector voit tout les Dieux conspirer son trépas,
Mais trahi par les Dieux il ne se trahit pas.
Il s'anime, il reprend une force nouvelle,
Sa formidable épée en ses mains étincelle.
L'œil ardent de courroux, terrible, furieux,
Hector combat lui seul contre Achille & les Dieux.
De ses coups redoublés les deux camps retentissent....
Les feux de son courage enfin se rallentissent.
Hélas ! D'un coup funeste il voit ses flancs ouverts,
Ses yeux d'un voile obscur aussitôt sont couverts ;
Il leve encor son bras. . . . O courage inutile !
Il recule, il chancelle.... Il tombe aux pieds d'Achille.

P R I A M.

O fils infortuné ! Pere plus malheureux !

A G É N O R.

Que ce triomphe, ô ciel ! pour Achille est honteux.
Sa hàine & sa fureur nagent dans la vengeance.
Du sang de votre Fils il ennivre sa lance,
Il la plonge vingt fois dans son malheureux flanc,
Et son cœur & ses yeux se baignent dans son sang.
Ce n'est plus un héros qu'anime un grand courage,
C'est un tigre farouche alteré de carnage,
C'est un monstre cruel dont la noire fureur
Offre aux siecles futurs un spectacle d'horreur.
Ses rapides coursiers qu'irrite sa colère
Traînent au camp des Grecs Hector & Troye entiere,
Et du char qui l'emporte insultant à nos cris,
Il court sur ses vaisseaux étaler votre fils.

P R I A M.

Monstre indigne de vivre, exécrable furie
Esperes-tu plus loin pousser ta barbarie ?
Du sang de mes enfans es-tu rassasié ? . . . .
Il reste une victime à ton inimitié.
Ne crains point d'assouvir ta rage meurtriere
Fumant du sang d'Hector vien massacrer son pere.

Le Ciel voit à ce point mon Hector outragé !
Le Ciel entend mes cris , & ne m'a point vengé !
Mer , c'est-toi que j'implore ; au fond de tes abymes
Précipite ce monstre , & sa flotte & ses crimes ,
Dérobe à l'univers ce cruel assassin.
Que ne puis-je , ô mon Fils , l'immoler sur ton sein !

AGÉNOR.

Andromaque paroît....

PRIAM.

Où viens-tu malheureuse ?

AGÉNOR.

Comment l'instruire , ô ciel , de cette mort affreuse ?

SCENE VI. *& derniere.*

ANDROMAQUE, PRIAM, AGÉNOR.

ANDROMAQUE *à Priam.*

JE vous cherche ; mes soins n'ont pu rien découvrir ;
Ce Palais à ma voix refuse de s'ouvrir.
Avez-vous entendu ces cris épouvantables ?
Pourquoi ces pleurs ? Pourquoi ces regrets lamentables ?
Seigneur , je viens à vous ; rassurez mes esprits ;
On se cache de moi ; je crains que votre fils....
Mais d'où vient qu'à ce nom vous changez de visage ?
Vous frémissez tous deux.... Je frémis davantage.
Votre fils est-il mort ?......Il est mort., juste ciel !
Et j'ai trop entendu ce silence cruel....
Hélas ! Il est donc vrai , la Parque inexorable....

PRIAM.

Oui, c'en est fait , Madame.

ANDROMAQUE.

O Prince déplorable....

à Ismène.

Cher Hector ! ... Il n'est plus ! Soutien moi, je me meurs.

PRIAM.

Je ne puis supporter l'aspect de ses douleurs.

à Agenor.

O toi, guide mes pas, & soutien ma foiblesse,
Rentrons ; quel coup de foudre accable ma vieillesse.
Je n'y survivrai pas ; je sens cher Agénor
Que je vais au tombeau rejoindre mon Hector.

FIN DE LA TRAGÉDIE.